Découvrez l'histoire par les archives de presse

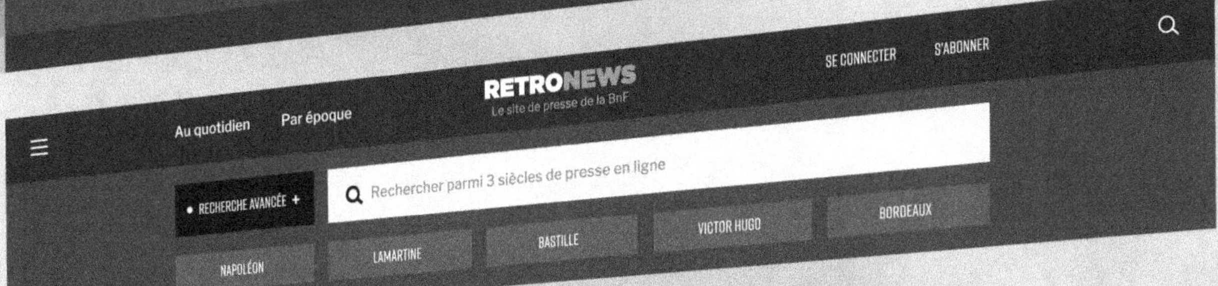

RETRONEWS

Le site de presse de la BnF

www.retronews.fr

LES
SOIRÉES
DE PARIS

Le Numéro : 0fr.60

ABONNEMENTS

Paris............ 7 fr.
France et Colonies 8 »
Etranger......... 9 »

Les Soirées de Paris

Recueil Mensuel

Adresser la Correspondance et les Abonnements à l'Administration
9, rue Jacob, Paris (6e).

Il est fait un tirage restreint d'exemplaires sur Hollande :
le prix de l'abonnement est de vingt francs par an.

Chaque Collaborateur est seul responsable de ses articles.

Rédacteurs :

Guillaume APOLLINAIRE, André BILLY
René DALIZE
Charles PERRÈS, André TUDESQ

Les Soirées de Paris

SOMMAIRE DU N° 7

UNE HISTOIRE COMIQUE

Dans les petits villages, où le paysan ignore les délices du
théâtre et du cinéma, le scandale est toujours le bienvenu : il
anime, seul, d'une même vie puissante, les intelligences éparses.

Dans Morteny (près Doullens), on vivait avec force, depuis trois
mois : riche de preuves, un bruit courait : *Jeanne Maïnin couchait
avec èl' curé !*

Non point que Morteny manquât d'épouses coupables :
la marchande de tabac, la bouchère, la femme dèch' barbier, et
celle itou dèch' bedeau, goûtaient, hors du lit conjugal, bien des
voluptés. Mais c'étaient là de petits scandales, éclipsés par le
merveilleux adultère de la Maïnin, femme du charron. A tous, cet
événement causait une joie intense, doublée par la réputation
d'honnêteté qu'avait eue la coupable, et multipliée par ce fait,
qu'elle avait choisi pour complice, le vertueux abbé Raymond,
son voisin.

Les conversations de cabaret, les bavardages au seuil des

portes, étaient nourris par cette révélation, qui semblait toujours neuve, toujours plus agréable à entendre : *Savez pas ? Jeanne Maïnin couche avec èl' curé.*

Le soir des Rameaux, la grande rumeur avait couru dans Morteny ; ce jour-là, une vieille paysanne, la mère Hansin, bigote hargneuse, s'était distinguée par la qualité de son rapport. Elle avait vu *chés deux biaux tourtéreaux, la Maïnin et ch' curé ;* elle les avait vus *in train dé ch' bécoter, et j' t'in donne et j' t'in prins, din (dans) l' fond dèl chacristie (sacristie)* ; elle les avait *intindus dire ed' ché coses, min doux Jisu, ed' ché coses,* enfin.... Bref, elle aurait *mieux préféré d' mouri què d' les répéter.*

Puis, le Jeudi-Saint, le cantonnier, *su l' coup d' huit heu (heures),* avait vu, au-dessus du mur bas qui séparait les jardins des coupables, *comme deux ombres accolées.* Se doutant *d' quéq' cose, il avait fait : hum! et, en un rien d' temps, ça s'était en sauvé* qui dans le presbytère, qui dans la maison du charron.

Enfin, la servante du curé, sondée par l'une et par l'autre, avait manqué de discrétion....

Rapidement, le bruit s'était mué en certitude. Chacun avait la foi : les gamins eux-mêmes se contaient l'aventure avec beaucoup d'innocence : ils aimaient, dansant des rondes, brailler à tue-tête : *La Maïnin couche avec èl' curé.*

Au demeurant, sans le savoir, ils disaient vrai.

Tout vient à point qui sait attendre ; et le village attendait. On continuait de saluer Monsieur le Curé avec respect ; on ne semblait pas mépriser la femme du charron ; les cagots et les rouges parlaient bien des coupables avec dégoût, mais nul n'aurait osé avertir l'innocent mari. On paraissait même devenir plus religieux, dans le pays ; tout le monde assistait à la grand'messe : on faisait la causette dans l'Eglise ; on dévisageait la Maïnin ; on fixait le Curé ; on tâchait de saisir des regards significatifs. « Elle m'a tout l'air d'être enceinte », confiait Madame Clapot, l'épicière, à sa voisine. « Ma foi, on l' croirait », faisait l'autre. Le bedeau, très en colère, grommelait : Chut !

Mais l'épicière exagérait.

Le charron ignorait tout. C'était un gros homme de trente ans, tout blond, tout barbu, tout joufflu, indulgent et bêbête ; il adorait sa femme qui témoignait, pour ses caresses, peu de goût. Celle-ci avait une beauté lourde de paysanne encore jeune, aux seins hardis, aux reins trop larges ; ses yeux bruns luisaient, sournois et sensuels ; ses traits, rudes et nettement dessinés, étaient comme adoucis par des cheveux ondulés, d'un roux châtain.

Les Maïnin causaient souvent le soir, en été surtout, par-dessus le petit mur de leurs jardins, avec l'abbé Raymond. Le curé était une sorte de géant à la fois mâle et doucereux ; son corps robuste semblait gêné par la soutane ; sa voix résonnait, trop forte, dans la petite église de Morteny ; les hommes le détestaient, par jalousie ; les femmes trouvaient qu'il n'avait pas *l'air curé* ; elles le voyaient mieux en capitaine de dragons ; *elles ne lui donnaient pas trente-cinq ans* ; elles se confessaient à lui, non sans plaisir. Quant à Jeanne Maïnin, elle lui avouait ses fautes tous les huit jours, communiait souvent, et, presque chaque matin, entendait la messe. L'Église était à deux pas de sa maison.

*

Une après-midi de juillet, le charron partit de bonne heure, ayant prévenu Jeanne qu'il rentrerait assez tard dans la soirée ; il voulait finir, dans un village voisin, un travail important. Or, bien avant la nuit, tout fut achevé. Il revint donc à Morteny, sans se presser. A l'entrée du pays, chez le père Pouelleux, il fit halte.

Au fond de l'estaminet, la Quinquin, ivrognesse réputée, buvait *sin schnick* en pérorant. C'était une vieille gueuse ignoble, édentée, à demi-chauve ; elle se donnait aux vagabonds, aux rouliers de passage, pour trois sous et deux *fioles gouttes*, une avant, qu'elle appelait *sin picotin*, l'autre après, qu'elle nommait *sin r'montouar*. Dès qu'elle vit Maïnin : « Bé ! v'là ch'biau coco ! » L'autre, dédaigneux, commanda une chope et haussa les épaules : « Vieille folle ! » Le Père Pouelleux riait, mais d'un petit rire égrillard. La Quinquin fixait toujours le charron ; d'une voix éraillée, elle chantonna.

> Bé ! qu'i m'a dit, Mòssieu t' Churé (l' Curé)
> La belle, la belle,
> Bé ! qu'i m'a dit, Mòssieu t' Churé
> La belle, vous rapasserez.

Elle trouvait l'idée vraiment cocasse et se trémoussait sur le banc, le doigt tendu vers le charron : « *T'Churé, T'Churé !* » — « *T'as donc vu ben des clients aujourd'hui !* » lui dit Maïnin. Ces mots irritèrent la Quinquin : « *Voui ! Voui ! l'churé, l'churé et l' fàme. Por seur, j' sus eun' catin ; mais t' fàme, elle l'est côr ben pu q' mouè !* »

Furieux, tout à coup, Maïnin bondit auprès de la vieille, la fit pirouetter et la poussa brutalement dehors. Il ferma la porte, mais la Quinquin la rouvrit et brailla : « *Tiens, à c'l' heure encore, y sont in train, j' les ons vus ; l'churé, y sautions par dessus ch' tiot mur ; tiens, comme na !* » Elle souleva le bas de sa jupe effilochée en esquissant un petit bond comique. Le père Pouelleux la chassa : « Fous l' camp, où j' te fais ramasser par le garde-champêtre ! »

« Un pernod ! » dit Maïnin. Sans mettre de sucre, il versa l'eau et but d'un trait. — « Un autre, encore ! » Il paya sans dire un mot et sortit. « Catin ! Catin ! » grommelait-il. La Quinquin était sur la route ; elle lui lança encore : « *Si t'as un fieu, il aura eun' tiot' tonsure, par derrière chein* (son) *crâne !* » Il courut, étourdi par l'alcool, jusqu'à la porte de sa maison. Sans s'arrêter, il entra dans le couloir, entendit *leurs* voix dans la chambre, ouvrit brusquement la porte et *les* vit tous deux, un peu rouges, et debout. Sa femme avait les cheveux en désordre. Elle s'efforçait de paraître calme ; elle dit : « Tiens ! Pierre ! » Mais la voix manquait d'assurance ; le prêtre, sans se troubler, murmura : « Monsieur Maïnin !... justement... ». Le charron entendit comme des mots vagues : Quête.... pauvres.... commune. « Nom de D.... ! hurla-t-il, quoi q' vous foutez là tous les deux ? » Jeanne tremblait, muette ; le curé continua : « Voyons, voyons, Monsieur Maïnin, vous allez faire du scandale ! » Mais le charron criait : « Catin, cochon. tas d' salauds ! » La chambre donnait sur la rue ; au dehors, on devait entendre l'éclat furieux de sa voix : « Catin ! Catin ! » Il s'était jeté sur sa femme, il la gifflait, il la secouait ; à genoux, la malheureuse suppliait : « Pierre ! écoute ! » Tout à coup, l'abbé prit le charron par le bras, le fit tournoyer et le lâcha ; Maïnin tomba, la tête en arrière, sur le carreau. Cela fit un bruit mat ; le charron ne bougeait plus ; il râlait ; Jeanne s'était relevée :
— « Sauve-toi vite ! qu'on ne te voie pas ici ! On va venir... Je t'en supplie !... Va-t-en ». Le prêtre s'enfuit par une porte qui donnait sur le jardin.

*

Quelques femmes, intriguées par les cris, étaient déjà réunies devant la maison ; on alla dire à la mère Maïnin, « *qu'y s' passait quèq' cose chez sin fieu !* » Elle accourut ; en voyant son gars étendu par terre : *Mon Dieu ! Quoi t' ch'est qu'est arrivé ?* » « Il est tombé — comme ça — en arrière » répondit Jeanne. Maïnin haletait, étouffé ; il gémissait : « Tain... chon... curé ! » « *Y réclam ch' curé, mon Dieu ! y va mouri ! »* Une autre vieille, qui était entrée, dit : « J' vas chercher l' prête ».

La mère Maïnin et sa belle-fille, avec peine, portèrent le charron sur le lit ; un peu de sang coulait de ses narines ; les yeux hagards, il ne cessait de répéter : « Cochon... tain... curé ». « Mon Dieu, pleurait la vieille mère, en faisant respirer du vinaigre au moribond, pourvu que ch' curé y soit là. » Une voisine était allée prévenir le médecin.

Sur la route, devant la fenêtre, des voix éclataient. Le bruit s'était vite répandu que le charron agonisait ; le père Pouelleux contait ce qui venait de se passer chez lui ; la Quinquin affirmait, en titubant, qu'elle avait vu le curé entrer chez la Maïnin. Ce témoignage suffisait, car il répondait à ce désir de voir un drame, que tous nourrissaient : les deux hommes avaient dû se battre, et le prêtre beaucoup plus fort que le charron, l'avait assommé.

Cependant, il y eut de l'hésitation, quand on vit l'abbé Raymond sortir du presbytère, avec le surplis et l'étole : un murmure s'éleva, mais ce fut tout ; du reste, la vieille qui était allée le chercher, confiait aux gens que Maïnin lui-même avait demandé l' curé. Une voix expliqua : *C'te malice, le ratichon s'a sauvé, sein coup fait, par la porte de derrière !* » On fut soulagé ; quelle chance ! le drame était possible ; il avait bien lieu ; il se déroulait :

Pendant cette minute de surprise, le curé, avait pu, sans dommage, entrer dans la maison. On l'attendait à la sortie. Chacun voulait venger Maïnin. On avait eu chaud, pendant le jour ; on avait bu........

Dans la chambre, le curé, sans regarder le moribond, fixait la muraille ; il récitait les indulgences des morts ; toutes les femmes, quand il se taisait, répondaient « Amen ! ». Seule, Jeanne restait silencieuse, attentive aux rumeurs qui devenaient plus fortes, au dehors. D'un geste machinal, elle épongeait le front suant de Maïnin. Celui-ci semblait ne pas voir le prêtre, et murmurait toujours mais d'une voix plus étouffée : « Tain... ochon..., curé. » La pauvre mère ne comprenait plus rien ; elle pleurait et faisait des signes de croix. Enfin le prêtre s'en alla.

A peine fut-il dehors que des vociférations éclatèrent : « A mort, le salaud ! Assassin ! » Très calme, il leur dit : « Mes amis, vous êtes fous ! » Deux paysans le bousculèrent ; sans effort, il les écarta ; il traversa la route, sans hâte ; les cris alors se firent plus menaçants ; vis-à-vis de la maison du charron, le mur d'une ferme s'élevait, contre lequel l'abbé s'adossa ; un grand diable de charretier leva le poing sur lui ; aussitôt, d'une poussée, le prêtre l'envoya rouler de l'autre côté du chemin. Les autres braillèrent plus fort, mais prudemment, reculèrent. La plupart revenaient des champs. Leurs fourches, leurs serpes et leurs faux luisaient au soleil roux du crépuscule. Ils les brandissaient, menaçants, de loin ; malgré leur nombre, ils craignaient la vigueur du prêtre ; quant à lui, silencieux, les bras croisés, il les fixait, très crâne. Il ne les traitait point de lâches, mais ses yeux parlaient ; soudain un gamin lança une pierre qui lui frôla l'épaule ; il redressa la tête, plus encore ; à ce geste de défi, la colère des paysans devint terrible. Caron, l'ivrogne de la commune, vociféra : « *A mort le ratichon ; j' vas l' crever !* » La Quinquin hurlait de joie et dansait. Une voix lança : *A coups d' cailloux, comme un tchien.* C'était là une bonne idée ; tout le monde pourrait travailler, sans péril. Les femmes se montraient pires que les hommes, sauf quelques dévotes qui s'étaient réfugiées dans l'église en gémissant : « *Min doux Seigneur ! ch' pauv' curé !* »

L'exécution fut vite faite. Les pierres éraflaient le mur ; un morceau de brique atteignit le curé au front ; le sang inonda tout un côté du visage et coula le long du surplis ; le blessé étendit les bras ; il fixa, un moment, la fenêtre de la chambre où le charron agonisait ; un silex lui creva l'œil droit ; sans pousser un cri, la face en avant, il s'écroula. En hurlant, les paysans accoururent : de leurs talons ferrés, ils labourèrent le visage du mort.

Jeanne, entendant l'effrayant vacarme, avait regardé, une seconde, à travers la fenêtre. Elle vit le prêtre qui tombait.

. . . .

Soudain : « *V'la chés gandarmes !* » cria une voix apeurée. Tous s'enfuirent. La Quinquin, seule, restait là, hébétée ; aux questions des gendarmes, elle répondait : « *L' charron...* *l' charron...* » et elle indiquait la fenêtre des yeux.

Enfin, le médecin arriva ; il examina, un instant, le cadavre du curé ; il ne s'attarda point ; il entra, avec le brigadier, dans la maison. Le charron avait les yeux grands ouverts, tout violacés ; un mince filet de sang coulait toujours des narines ; la poitrine ne se soulevait plus ; « *il est mo, mein fieu ?* » questionna la vieille en tremblant. Jeanne, écroulée au pied du lit, mordait la couverture pendante ; elle n'entendit pas la mère Maïnin, qui expliquait, avec des sanglots : « *Il est quéu* (tombé) *comm' na, en arrière tout d'un seul coup... et pis... le v'là...* »

CHARLES PERRÈS.

Poèmes

TROIS NÈGRES SUR UN BATEAU

Sur le pont du steamer qu'incline
Un tangage capricieux,
Trois nègres tristes et frileux
Ecoutent le chant des machines.

De longs pardessus fatigués
Couvrent leur carcasse qui perce
L'étoffe. Et le vent traverse
Leurs pantalons effilochés.

Ils regardent je ne sais quoi,
Désabusés et rachitiques
Et tendent leur dos à la trique
D'un crépuscule amer et froid.

Là-bas, le port se vêt de brume
Un trombone d'orchestre las
Nasille un air de Bamboula ;
Des lampions lugubres s'allument.

Et soudain, comme en une fête
Barbare, au bord de l'O'ango,
Sur la musique à trémolos
On voit danser les trois squelettes.

GIGUE TRISTE

De la fumée, l'odeur de l'alcool
Du punch qui flambe dans nos bols
Un banc propice à nos fatigues,
Et puis, soudain, un air de gigue.

Des pas nerveux et cet air railleur
Qui va piétiner sur nos cœurs
Mais ça se sent moins en musique
Ah ! ce délicat air de gigue !

C'est lamentable un piston joue faux
J'aime mieux la valse au piano
C'est jeune fille et romantique.
Mais cette très anglaise gigue,

Est trop brutale et casse à grands coups,
Des souvenirs, tels des cailloux
Qui roulent dans nos crânes vides
A tous les rythmes de la gigue.

Et c'est une femme aux tendres yeux
Qui danse avec des gestes précieux...
Et si puérilement candide !...
De la fumée et de l'alcool
Du punch qui flambe en nos bols
Et puis, toujours, toujours la gigue !

RENÉ BIZET.

La littérature des intoxiqués

Abyssus abyssum invocat.

L'opium, nous l'avons déjà dit, ne peut être accepté que comme moyen d'expérience. Le fumeur professionnel est, dans la grande majorité des cas, un être totalement dénué d'intérêt. Aux colonies, on rencontre beaucoup d'opiomanes qui fument chaque jour régulièrement une douzaine de pipes et même moins. Ce sont des gens qui s'entretiennent simplement dans un état morbide. Ils ne fument plus par plaisir, ils fument afin de combattre une dépression, de retrouver l'équilibre de leur organisme. Ils connaissent tous les inconvénients de l'opium et non pas ses curieuses singularités.

L'écrivain Boissière appartint sans doute à cette catégorie. « Pendant trois ans, dit un de ses héros, j'ai vécu d'une vie anormale, sans une idée, sans un sentiment analogue aux sentiments et aux idées des autres hommes. » Cela est très exagéré. Si les livres de cet écrivain nous donnent une certaine impression de bizarre, de mystérieux, ils ne vont cependant pas très loin dans la terreur et l'extase. Une seule fois, il entrevoit un de ces affreux cauchemars que la forte dose d'opium engendre naturellement. Il ne comprend pas ce dont il s'agit, il a peur, il recule. Son ironie est à fleur de peau, il n'atteint pas à cette grande perversion qui distingue l'œuvre d'un Poë ou d'un Quincey.

Poë pratiqua toute sa vie l'opium, mais avec des intermittences. Ainsi il passait chaque fois par toute la gamme des sensations. Ses deux premiers ouvrages *Al Aaraf* et *Israfel* ne sont déjà que le développement de deux rêves. Quincey et Coleridge furent des forcenés de la drogue. Mais incapables de cesser leur médication un seul jour, ils n'eurent point les impressions variées et toujours nouvelles de l'Américain. On s'habitue à tout, même à vivre dans des paysages d'enfer, parmi les têtes de morts, les crapauds et les crocodiles.

De façon générale, la littérature des intoxiqués n'est point folâtre. Une certaine prédisposition neurasthénique est bonne pour la goûter.

« Mais voilà, écrit Poë, que vient comme pour le détournement final et irrévocable de ma raison, le génie de la perversité qui me fait commettre de viles et sottes actions pour mille autres raisons que parce que je ne dois pas, inexplicable impulsion de l'âme à s'irriter, à violenter sa propre nature, à faire le mal pour l'amour du mal... Et puis l'implacable cortège des morbides obsessions, horribles obsessions de la vue, énervantes obsessions de l'ouïe ; tantôt c'est un bruit bas, rapide, semblable à celui d'une montre dans la ouate, tantôt des mois je ne puis me débarrasser de cet œil qui me hante... Je n'y tiens plus : il faut que je tue ! »

Si vraiment la perversion de l'intoxiqué peut aller jusqu'au crime, il n'est pas à souhaiter que l'opium supplante tous les autres poisons, alcool, hachich, etc.. Ainsi que le prévoit l'écrivain Vereschaguine, Quincey a envisagé assez gaiement la question dans son livre : *De l'assassinat considéré comme un des beaux-arts*. Fort heureusement, les beaux-arts ne sont pas à la portée de tous.

Nous avons trouvé dans les papiers de notre ami, le vieux colonial mort en exil à la frontière de Chine, un document assez singulier à cet égard. Nous devinons à la lecture des écrivains cités plus haut, combien dangereux peut être l'opiomane lâché en liberté dans la société. Mais la composition littéraire mélange de façon si habile le réel et l'irréel que nous ne rendons jamais bien compte du degré d'automatisme des personnages.

Nous serions curieux de connaître au moins les instants de transition du rêve lointain à la réalité brutale. Le détraquement du fumeur n'intéresse le sociologue que quand il se promène éveillé et non lorsqu'il vogue sur le chimérique Océan du songe. Sans doute le récit que l'on va lire correspond-il à quelque séjour en Europe de notre infortuné ami. Il figure à la fin du manuscrit. L'abondance des caractères de langue mandarine et même thibétains dans les premières pages nous ont obligé à cet ordre singulier de traduction dont nous nous excusons auprès du lecteur. Leur auteur était un grand original.

L'abîme

Ce que j'ai vu cette nuit-là, mes simples paroles ne sauront pas l'exprimer. Nous étions quelques-uns dans l'atelier du peintre, lui, moi, notre ami le marin et sa maitresse, une de ces filles ardentes telles que j'en ai connues, esclaves corps et âme de l'opium dès la première pipe. Elle était merveilleusement experte en l'art de travailler la pâte sur la flexible aiguille et pour cela nous tolérions sa présence.

C'était une nuit d'été, une nuit chaude d'août. L'électricité de l'air pesait douloureusement sur nos corps. Car nous sommes presque tous des nerveux, les fumeurs. La femme, une rousse à la peau très blanche, était nue sous le kimono transparent. Sa chevelure fauve et sa chair exhalaient une lourde odeur de sexe.

De longues heures nous avions fumé. Puis, le désir satisfait, chacun s'était laissé aller au repos sur la natte. Nous sommes, les trois hommes, intoxiqués à de proches degrés et de pareils intervalles de silence conviennent à notre ivresse. La femme, plus lascive dès la quinzième pipe, n'avait pas ce soir-là osé solliciter les caresses de son amant. Elle possède la rare discipline des fumeries. La dernière, elle s'était assoupie, le bambou à la main...

Alentour de la villa, un jardin profond s'étend. D'épaisses étoffes orientales garnissent le plafond et les murs de l'atelier. De grands vitraux du moyen âge peuplés d'un monde bizarre de démons et de saints tamisent par endroits la lumière trop vive. Ici la vie du dehors nous est étrangère, les rumeurs de la ville ne nous atteignent pas.

.   .   .   .

Quel bruit tomba-t-il donc soudain dans la nuit ?
Cela brisa comme un dur marteau notre rêve.
...Le reflet mourant de la petite lampe à huile chavirait sur les lourdes tentures. Tous trois, en ce clair-obscur plein de mystère et de silence, d'un même effort

nous nous étions dressés. Les muscles de mon corps en un instant s'étaient tendus à se rompre. Mon poing crispé s'était fermé comme un étau. Et mon regard fouillait, avide, le regard de mes deux compagnons.

Quels étaient donc ces hommes qui venaient ainsi troubler mon sommeil, arracher brutalement mon esprit à la divine extase ? Loin de moi cette réalité odieuse ! Je ne les connaissais pas.

Une haine froide où il y avait du vertige me monta au cœur... Et leurs faces impures, étaient si proches de la mienne ! Ah ! que n'avais-je entre les mains une lame, dure et brillante comme ce rayon de lune qui se jouait sur les vitres !

L'obstacle est si fragile de la vie au néant, si dangereusement factice la convention consentie de chaque homme. A cet instant les barrières étaient tombées. Les souvenirs du passé, la notion du présent, futilités vaines, étaient abolies. Je n'avais plus que des étrangers devant moi. Et sous leurs pupilles dilatées, je devinais une tentation identique à la mienne, non moins décisive, non moins violente. La mort était dans cette salle. La fumée bleue d'opium s'était voilée de sang.

...Et cependant je percevais bien la vie matérielle autour de moi. Le souffle glacial de l'éveil avait passé sur nos fronts. Le premier matin allait naître.

Qui donc en vérité étions-nous ?

Les mêmes créatures civilisées, détournées un instant de la voie par une aberration, au lien des profondeurs obscures de notre être, des forces nouvelles s'étaient-elles manifestées ? Chacun, disent les religions, porte en soi le principe essentiel du mal... Etait-ce encore l'ancêtre de la forêt, barbare âpre à la vie, qui parlait en moi ?

...La femme enfin éveillée avait fait un cri. Et ses deux bras suppliants s'étaient tendus. De même, j'imagine, aux temps préhistoriques, la créature de sexe inférieur dressait entre les colères des mâles sa chair de pitié et d'amour.

Mais je ne lui connaissais pas cette voix... Dans le fond des souterrains d'Egypte où dorment les tombeaux, il suffit, m'a-t-on dit, d'un seul mot trop rapide, d'un seul geste trop brusque, pour que s'écroule soudain en poussière le fragile édifice de plus de cinq mille années... Je ne lui connaissais pas cette voix et il me parut que les figures étranges des grands vitraux, les formes imprécises et les ombres éparses, et nous autres, les trois êtres vivants, à cet accent déchirant, insolite, nous avions sourdement frémi.

Le charme redoutable était rompu. Notre organisme surexcité à la limite extrême ne pouvait soutenir plus longtemps un tel effort. Nos corps brisés retombèrent sur la natte, nos yeux se fermèrent à nouveau, et à nouveau nos esprits affranchis s'endormirent en la contemplation des choses irréelles...

RENÉ DALIZE.

Poèmes

BILLET

O vous qui loin de moi demeurez ma compagne,
Jeune femme aux pensers légers comme l'avril,
En mémoire d'un flirt lointain et puéril
Vous m'écrivez : « Que faites-vous à la campagne ? »

Midi. Le parc d'été m'étouffe comme un bagne.
L'ombre dans la maison a des ardeurs de gril :
Seule, ma cave est fraiche, et j'y suis en péril
De boire, ô dieux ! un barricot de vin d'Espagne.

J'ai pour coussins deux outres vides du vieux temps.
Un rais d'ombre éblouit le lit où je m'étends :
J'y sculpte par l'esprit votre image fragile.

Ce que je fais, amie au cœur trop citadin,
Voilà... Mais j'oubliais ce trait à la Virgile :
« Dimanche. Les frelons *chôment* dans mon jardin... »

MUSIQUE POUR UN SOIR DE NATTE...

Pour bercer nos mélancolies
La pluie est douce et le vent doux :
Caresse à l'âme, fièvre aux joues...
Leur musique est chanson d'oublis
Pour bercer nos mélancolies...

Sur les rêves et sur les haies
En sourdine, presque à mi-voix,
Ils vont par d'invisibles voies,
Neige grise et brouillards épais
Sur les rêves et sur les haies...

Ils feront ainsi mille lieues
De cette nuit à l'autre nuit :
Pleure le vent, chante la pluie,
Fermons nos âmes et nos yeux,
Ils feront ainsi mille lieues...

Nous voulons rêver sans issue...
Laissons-le donc s'ingénier
A prendre en leurs fils d'araignées
Nos cœurs dont nous n'aurons rien su :
Nous voulons rêver sans issue...

INVOCATION AU PETIT
DIEU VERTUMNE

Votre temple, Seigneur, est une hôtellerie
Telle qu'on n'en connut qu'aux temps de l'âge d'or
On y mange, on y boit, on y rêve, on y dort ;
La table toujours prête est toujours refleurie.

Est-ce là vos façons d'aimer que l'on vous prie,
Seigneur, et vos vergers n'ont-ils donc que ce sort :
Etre un soir quelque orgie heureuse d'où l'on sort
Ivre, le chef pesant et l'âme endolorie ?

Je suis venu. Hélas ! tous vos biens m'ont tenté :
Les figues, nids de miel, les poires, cœurs d'été,
Les muscats trop mûris et les prunes trop grasses...

Mais comme vous aimez celui qui vous aima,
Cette nuit où le monde est ivre de vos grâces,
Protégez-moi, Seigneur, des troubles d'estomac !

ANDRÉ TUDESQ.

PETITES RECETTES DE MAGIE MODERNE

Le manuscrit suivant a été trouvé devant le bureau d'omnibus de la place Pereire, le 10 juillet de cette année.

Nous le tenons à la disposition de son propriétaire s'il peut nous en faire la description exacte.

Nous n'avons aucune idée de la valeur des recettes que l'on va lire. Mais elles nous ont paru suffisamment singulières pour exciter la curiosité.

L'industrie du MAGICIEN qui de nos jours s'élève aux proportions de l'un des arts les plus agréables, je dirais presque les plus utiles au monde élégant, la MAGIE à dû subir de nombreuses transformations pour sortir de l'ornière que le charlatanisme et la routine lui avaient tracée. L'abus que dans le dernier siècle on avait vu faire des tables tournantes, des médiums de toutes sortes, de l'hypnotisme, des cartes, de la chiromancie impromptue, du marc de café souvent nuisible à la santé comme en Turquie par exemple, avait fait naître des préventions fâcheuses et souvent exagérées. Le MAGICIEN avait été remplacé par la tireuse de cartes quand ce n'était pas par la voyante.

Mais depuis que le MAGICIEN dédaignant de rivaliser avec ces concurrents ridicules demande à la science et aux beaux-arts des combinaisons surprenantes, se préoccupe avant tout de l'hygiène, étudie les matières premières, les coordonne d'une manière rationnelle, depuis enfin que la MAGIE a revêtu des formes nouvelles en parfaite harmonie avec le bon goût et la raison, ces préventions ont beaucoup diminué.

Elles disparaîtront complètement quand on voudra distinguer les créations à l'usage des théâtres et des fêtes travesties de celles destinées à la bonne compagnie. A ceux-là, les recettes à résultat immédiat, mais trop violent pour être durable. Aux salons les combinaisons simples et suaves, les méthodes sérieuses qui, sans qu'il y paraisse, domptent le destin, qui, en un mot confèrent la puissance et le talent.

L'art du MAGICIEN considéré à ce double point de vue, mérite l'estime et l'intérêt des gens sensés. J'espère en apporter une preuve dans ces recettes choisies à l'usage des gens du monde.

Pommade pour éviter les pannes en automobile

Elle est très facile à faire. On prend plusieurs écorces de melon — il n'est pas besoin d'acheter de chapeaux neufs, les vieux étant excellents pour cet usage — ces melons doivent être très mûrs en effet. Evitez le plus possible que les écorces ne s'imprègnent de votre odeur en les épluchant et pour cela trempez au préalable vos mains dans de la farine. Coupez les écorces par morceaux et mettez-les dans une corbeille au four. Quand elles auront perdu toute leur humidité, pilez-les dans un mortier et passez la poussière dans un tamis très fin. Mélangez enfin à une solution de graisse personnelle. Vous m'en direz des nouvelles.

Santonine des poëtes

Il arrive parfois que tel ou tel jeune homme — presque un enfant — obtient un grand succès dans les salons avec ses vers ou ceux des autres, et l'on voudrait en faire autant.

Prenez un peu de santonine et vous ferez des vers ; si la recette ne vous réussit point allez à l'Institut Pasteur où l'on a étudié très sérieusement les helminphes et en général tout ce qui se rapporte à la versification.

Autre recette pour la poésie

On doit toujours porter avec soi un parapluie que l'on n'ouvrira point. Cette recette dévoilée par M. André B. lui aurait été confiée par notre cher M. P. F. prince des poètes.

N. B. — Cette recette des plus efficaces ne s'utilise pas facilement.

Vinaigre pour trouver les pièces de cent sous

Vous prendrez trois livres de glace en branches fraichement cueillies. Vous les éplucherez et les étalerez pour les faire un peu sécher, ayant soin de les remuer de temps à autre de crainte qu'elles ne s'échauffent. Vous les mettrez ensuite infuser dans douze litres de bon vinaigre blanc d'Orléans. Puis vous distillerez au bain-marie, feu modéré en commençant. Vous tirerez aisément huit litres de cette opération et les pièces de cent sous afflueront à merveille.

Poudre antihygiénique
pour avoir beaucoup d'enfants

Haricots de l'année en poudre.	3 kg.
Sucre tamisé	1 kg.
Magnésie	11 centig.

Parfumez le tout avec des pétales de roses sèches. Saupoudrez les draps de votre lit et ne vous levez point avant d'avoir réussi.

Eau-de-vie pour bien parler

Cresson de Para (spilanthus oleiacenus) fleuri
et émondé de sa tige . . . . 125 gr.
Alcool à 33 degrés . . . . 500 gr.
Macaroni . . . . 10 gr.

Agiter avant de s'en servir, puis s'en bien laver les pieds.

Conjuration pour gagner à la Bourse

Mangerez chaque matin un hareng saur en prononçant quarante fois avant et après l'opération. « Pèse et chique, trinque et bois ». Et au bout du dixième jour, le diable sortira de la Bourse.

Recette pour la gloire

Portez sur vous quatre stylographes, buvez eau claire, ayez le miroir d'un grand homme et regardez-vous souvent dedans sans sourire.

Remède pour les arthritiques

Buvez gin à l'eau et en verrez l'effet avant deux mois.

Fin de la petite méthode

Pour copie conforme :

GUILLAUME APOLLINAIRE.

DEUX ADAPTATIONS CORÉENNES

Au Poète Exilé

> Au pays de Corée, le versificateur qui se
> mêle des affaires publiques est exilé
> de par la loi au sommet d'une haute
> et belle montagne.

Pâle sous ma robe de soie,
A la tombée lente du jour,
Je me suis perdue dans les bois
Près du ruisseau de notre amour.

Dans l'ombre inquiète j'entendis,
Penchée sur le bord de la pierre,
Ainsi la plainte d'un maudit,
J'entendis sangloter l'eau claire.

— C'est ton amant, me disait-elle,
Ton amant exilé là-haut
Dont la chanson d'amour fidèle
S'est exhalée en mes sanglots...

— Ruisseau, retourne en arrière,
Retourne, je t'en supplie,
Tu lui diras que, solitaire,
Moi-même je pleure vers lui...

Au Voyageur

L'adieu est un feu dévorant
Qui vous ronge le cœur,
En vain sur le foyer brûlant
J'ai nuit et jour versé des pleurs.

Sur le seuil, il prit la coupe de mes mains,
Et mon sein haletait sous mes voiles de veuve,
J'ai mêlé mon âme avec le vin
Pour que mon amant s'en abreuve !

Le vin est un philtre puissant
Qui garde les amours,
Mais au détour du chemin blanc
J'ai déjà compté bien des jours...

-- Solitaire vie sauvage
Qui passes à tire d'ailes,
Si tu rencontres en ton voyage
Mon cher amant fidèle,

Dis-lui que la paix de l'aurore,
Le doux matin et la lune argentée,
Et les grands monts que le soleil dore,
Ne sont plus rien à l'exilée !

Dis-lui qu'une peine éternelle
En ma pauvre âme est entrée,
Dis-lui de penser à celle
Qui se meurt d'être séparée !

RENÉ DALIZE.

LE MÉDECIN NOIR

(Adapté de l'Américain)

...J'étais chez ma tante Mathilde. Elle habitait dans la grand'rue d'un petit bourg une maisonnette où je passais habituellement une bonne moitié de mes vacances. J'étais assis à la fenêtre du salon et je m'ennuyais douloureusement. Je regardais les indigènes aller et venir, les ménagères causer devant leurs portes, les enfants jouer dans les ruisseaux et passer de temps à autre de grands chariots qui rentraient la moisson. A côté de moi, ma tante Mathilde se livrait à des travaux de couture... Et je m'ennuyais tellement que je devins malade.

— Ce ne sera rien, disait ma tante.

Pourtant je sentais bien que j'allais mourir.

Soudain, dans le cadre de la croisée aux rideaux de mousseline entr'ouverts, je vis glisser la silhouette d'un cycliste dont la tête et les mains étaient en chocolat.

— Quel est cet homme, demandai-je, dont la tête et les mains sont en chocolat ?

— C'est un nègre, répondit ma tante, et ce que tu prends pour du chocolat, n'est que de la peau et de la chair de nègre.

Or, j'étais sûr, absolument sûr de ne m'être pas trompé. J'avais déjà vu bien des nègres ; le cycliste n'en était pas un. Mais je ne voulus pas contrarier ma tante ; cela n'en valait pas la peine puisque j'allais mourir. Je me contentai de dire encore. — Quelle profession cet homme exerce-t-il ? — Sans savoir pourquoi, je m'intéressais violemment à lui. Je sentais qu'*il y avait entre lui et moi quelque chose.*

— Il est médecin. Il est établi depuis peu dans le pays. Il fait beaucoup de tort à M. Loy qui est vieux et ignorant et à qui il prend toute sa clientèle.

Je compris alors pourquoi le cycliste me préoccupait tellement : il était médecin ; j'étais malade, il pourrait peut-être me guérir. Je priai ma tante Mathilde de le faire venir. Elle refusa d'abord, me gronda et se moqua de moi. Enfin, comme je m'étais mis à pleurer, elle eut pitié et envoya sa bonne chez le « médecin noir », comme on l'appelait ; Sophie revint avec lui, les bras passés autour de son cou et debout sur la roue arrière du vélocipède : exercice dangereux que j'avais pratiqué avec des camarades et que je fus très vexé de voir accomplir par une vieille servante.

Je n'avais pas quitté la fenêtre. La porte du salon lui faisait face. Aussi, lorsque le médecin entra, la clarté du dehors le frappa-t-elle au visage et je ne pus plus douter qu'il fût en chocolat. D'ailleurs, la significative odeur qui se répandit dans la pièce corroborait ma certitude. — Là ! N'avais-je pas raison ? — allais-je m'écrier. Mais ma tante, avant que j'eusse parlé, dit en tendant au médecin sa vieille main parcheminée :

— Figurez-vous, cher docteur, que ce petit bonhomme vous croyait en chocolat !

Il eut un large sourire où ses dents éclatantes apparurent, et il ne répondit rien. Il s'approcha de moi. L'odeur de chocolat devint si douce et si forte que je m'évanouis.

*

Quand je revins à moi, ma tante Mathilde avait disparu, et, ne voyant pas non plus l'homme en chocolat, je me crus seul. La nuit était tombée. Et cette obscurité qui noyait les choses, j'étais persuadé qu'elle n'existait que pour moi et parce que j'étais mort. Je me dis : — « Voilà ce que c'est que la mort. On n'y voit plus clair. Il faut allumer des lampes. Mais comment faire, puisque je suis dans l'impossibilité de bouger ? » Car j'étais tellement certain de mon trépas que je n'avais pas l'idée de tenter un geste qui m'eût prouvé que j'étais bien vivant.

Je restai ainsi, immobile et les yeux fixes, jusqu'au moment où je soupçonnai le médecin noir de n'avoir pas quitté le salon. Ce furent mes narines qui m'en avertirent. Aussitôt je l'aperçus. Il était assis près de la cheminée. Ses yeux blancs, qui brillaient dans l'ombre, me considéraient attentivement. Je le considérai aussi et j'étais sur le point de le croire mort tout comme moi, lorsqu'il se décida à prendre la parole et à me démontrer que nous n'avions ni l'un ni l'autre cessé de vivre.

— Mon petit ami, me dit-il d'une voix bienveillante, vous nous avez donné de grandes inquiétudes. Votre bonne tante a été si péniblement bouleversée par votre évanouissement qu'elle a dû s'aliter et qu'elle ne sera pas remise sur pieds avant deux ou trois jours. Quant à vous, tout danger est écarté. Essayez, s'il vous plaît, de vous tenir debout.

Me donnant l'exemple, il vint vers moi, les mains tendues. Alors l'odeur si douce et si forte du chocolat me coula de nouveau par le nez dans la poitrine et je crus que j'allais défaillir une seconde fois. Heureusement, cette faiblesse ne dura pas ; mais elle se transforma en une envie immense de mordre dans ces dix tablettes à phalanges que le docteur m'offrait. Je bondis de mon fauteuil, je me précipitai...

Je ne sais pas si vous vous êtes déjà figuré l'audace qui est nécessaire à un malade pour entamer à grands coups de dents les mains de son médecin. Je l'eus, cette audace extraordinaire ! Chose plus extraordinaire encore, le médecin noir ne se fâcha pas. Il se contenta d'élever les bras en l'air pour tenir ses mains savoureuses hors de mes atteintes, et il murmurait :

— Ce petit avait envie de chocolat. Voilà la raison de cette langueur où il était et que je ne m'expliquais pas. C'est un cas bien bizarre. Je me promets de le soumettre à l'Académie de médecine. Cela me fera une excellente publicité.

Tout en monologuant de cette sorte, il se débattait contre moi, et plus je mettais d'ardeur à l'attaquer, plus il riait et plus il répétait : « Une excellente publicité ! Une publicité de premier ordre ! » Son hilarité commençait à m'agacer terriblement. La colère me montait à la tête. En un suprême effort, je réussis à le faire chanceler sur ses jambes, de sorte qu'il dut s'appuyer au dossier d'une chaise pour reprendre son équilibre. Une seconde me suffit pour saisir entre mes dents le pouce de sa main droite. Il lui fut désormais impossible de dégager son doigt.

Dans quel état de surexcitation ne devais-je pas être pour m'abandonner à un tel emportement ? J'ai toujours eu pour le chocolat une passion presque exclusive ; en comparaison du chocolat, les autres friandises me semblent sans attrait. Mais cela n'explique qu'imparfaitement ma voracité. Sans doute, le chocolat dont étaient faites la tête et les mains du médecin noir, se trouvait-il être d'une composition merveilleuse ; et, plus probablement encore, étais-je poussé par l'instinct de conservation, à y chercher un aliment de vie, un remède contre le dépérissement. Toujours est-il que le docteur cessa subitement toute résistance, et, tandis que je croquais avec avidité les cinq doigts de sa main droite — oh ! le goût exquis qu'ils avaient ! je ne saurais l'oublier de ma vie ! — je l'entendis qui disait :

— Voilà une chose vraiment étrange et à laquelle refuseront de croire, à coup sûr, les vieux imbéciles de l'Académie. Il est bien certain cependant que cet enfant ne cède, en ce moment qu'à un conseil impérieux de la nature. La nature, nous autres médecins, nous avons l'habitude de ne pas l'écouter. Nous la torturons à plaisir, alors qu'il serait si simple de lui obéir. Nous allons chercher bien loin dans l'arsenal de la chimie des drogues baroques et inefficaces, et nous négligeons le sucre et le cacao ! L'action régénératrice de ces deux produits me parait, dès maintenant, incontestable. Mais en quelle quantité doivent-ils être absorbés ? Il est indispensable de le savoir.

J'avais complètement dévoré la main droite. Je m'emparai de la gauche que le médecin noir m'abandonna. Elle me sembla meilleure encore que l'autre, s'il était possible. Ah ! ce craquement délicieux des phalanges entre mes mâchoires ! Ah ! ce parfum qu'elles avaient ! J'en étais ivre. une frénésie de mastication me possédait.

— Où ce bambin s'arrêtera-t-il ? se demandait le docteur de plus en plus intéressé.

Ayant achevé la main gauche, je fis une pause, en proie à une sorte de vertige. Les muscles de mes joues étaient tiraillés par la fatigue. Je me rassis, haletant. Le médecin noir fit de même, mais je n'osai lever les yeux sur lui. De sa voix toujours bienveillante, il me demanda :

— Eh bien, comment cela va-t-il ?

Horreur ! Je n'étais pas rassasié ! Un incommensurable vide creusait mon estomac. Je prévis ce qui allait se passer et frémis. Le docteur insistait :

— Comment cela va-t-il ?... Allons, quittez cette figure maussade et causons gentiment. Un médecin est un ami ; on doit tout lui dire ? Que ressentez-vous ?

J'essayai alors de parler pour avouer ma faim persistante et prier qu'on m'en délivrât, mais je ne pus que claquer des dents. Etait ce d'effroi ou de férocité ? Je n'aurais su le dire. En tout cas, le médecin prêta à ma mimique le second sens, car, s'arc-boutant de ses deux tronçons de bras sur les appuie-mains de son fauteuil, il renversa son buste en arrière comme pour éloigner sa tête de ma bouche et son visage exprima quelque appréhension.

Un grand combat se livrait en lui. Allait-il sacrifier sa propre existence aux intérêts de la mienne et de la science ? Ou bien se dévouerait-il pour que je recouvrisse la santé et que ma cure fût le signal d'autres cures aussi rapides et aussi surprenantes ? Je dois à la vérité de dire qu'il hésita, mais je dois à son mérite de dire aussi qu'il n'hésita pas longtemps.

*

Quel ne fut pas mon désarroi quand je vis ce cadavre sans mains et sans tête, étendu sur le plancher, dans le salon de ma tante Mathilde ? La clarté d'un réverbère entrait par la fenêtre et ajoutait à l'effrayant tableau que j'avais sous les yeux une sorte de solennité funèbre. Les bras en croix, les jambes allongées, le médecin noir — méritait-il encore ce nom ? — ressemblait à un mannequin de tailleur qu'un commis, par mégarde, a renversé dans la boutique. Pour l'instant, le mannequin portait un joli costume de cycliste, une chemise de flanelle et des bas de tricot, le tout presque neuf. Cela eût été d'un excellent effet à la devanture d'un magasin de confections.

De telles réflexions étaient alors loin de moi. Une peur horrible obscurcissait tout mon entendement. Elle alla même jusqu'à l'hallucination : je crus entendre dans le vestibule le pas du commissaire. Je courus tout tremblant me blottir derrière un meuble. Là, je retrouvai un peu de calme, je me raisonnai, j'examinai les différents partis qui s'offraient à moi, je me décidai à fuir. Ma faim était apaisée. Ma faiblesse avait fait place à un grand besoin d'exercice. Il n'y avait pas à hésiter.

Je sortis du salon. La maison était silencieuse. Dans le vestibule, la bicyclette du docteur, appuyée contre le mur, attendait son propriétaire. C'était une très belle machine, à double frein et à rétropédalage. Une trousse assez volumineuse était accrochée au guidon. Les nickels brillaient d'un éclat net, le vernis du cadre n'avait pas une éraflure : une machine toute neuve ! Je remarquai que la tige de selle était descendue à fond, à cause, sans doute, de la petitesse du médecin noir. Sa taille, en effet, ne dépassait pas sensiblement la mienne. Coïncidence providentielle ! Je résolus d'en profiter.

Et me voici pédalant dans la grand'rue du village, sur la bicyclette du docteur ! Ah ! je ne mis pas longtemps à gagner la pleine campagne. Je battis certainement plusieurs des records détenus par mon camarade B..., président du club cycliste de la troisième division du collège de Z..

La route était absolument déserte. Penché sur le guidon, je coupais le vent comme un boulet. Les ornières et les cailloux, que je ne prenais pas soin d'éviter, avaient beau me donner de formidables secousses, je ne ralentissais pas. Je devais être lancé à une vitesse de plus de trente kilomètres à l'heure.

J'atteignis ainsi un petit bois qui dominait une colline et où j'étais souvent venu jouer. Je crus pouvoir y passer la nuit en sûreté. Je cédai, d'ailleurs, en sautant de machine à un autre besoin que le besoin du repos. Je ressentais depuis quelques minutes une pesanteur d'estomac qui contrariait le libre jeu de ma respiration. Ce phénomène ne m'effrayait ni ne m'étonnait. L'ingurgitation d'une pareille quantité de chocolat ne pouvait aller sans quelque inconvénient. Je m'arrêtai donc autant pour faciliter ma digestion que pour délasser mes muscles et chercher un endroit convenable où dormir. Mais à peine me trouvai-je sur mes pieds que la lourdeur de mon viscère augmenta d'une façon surprenante, — d'une façon d'autant plus surprenante qu'elle ne me causait aucune souffrance. J'avais un poids énorme dans l'estomac et voilà tout ; je n'en étais pas plus incommodé que si j'avais porté un pavé dans la poche intérieure de mon gilet. Vous allez peut-être rester incrédule et pourtant je ne fais qu'analyser des sensations qui étaient bien réelles pour moi : ce pavé, je percevais sa forme, il était rond ; je percevais sa matière, il était en chocolat. Ce pavé, c'était la tête du médecin noir qui s'était reconstituée à l'intérieur de mon corps.

Il ne me fut pas permis d'en douter. Une voix s'éleva de mes entrailles, et, les cheveux hérissés d'épouvante, je me jetai à plat ventre sur le sol, suant une sueur de glace.

— Mon petit ami, disait la voix, la position où vous êtes m'est fort pénible. Veuillez vous retourner sur le dos, je serai plus à l'aise pour vous parler.

Comme un automate, j'exécutai machinalement le mouvement qui m'était prescrit.

— Je vous remercie, reprit le médecin noir. A présent, je vais me permettre de vous poser quelques questions. Etes-vous disposé à me répondre ?

J'inclinai la tête en signe d'assentiment.

— Etes-vous disposé à me répondre, oui ou non ? reprit le docteur.

Le malheureux, évidemment, n'avait pas vu mon geste. Alors je rassemblai toute mon énergie et parvins à prononcer cette phrase :

— Je vous écoute, monsieur le docteur.

Trente secondes environ s'écoulèrent, puis la voix s'éleva de nouveau, furieuse cette fois, tonitruante et faisant vibrer comme un tuyau d'orgue tout mon œsophage.

— Petit morveux, où as-tu pris cette obstination de mulet ? Allons, réponds, ou gare à toi ! Je connais un moyen de te délier la langue.

Et en même temps je ressentis à l'épigastre un pincement aigu, comme produit par deux doigts. Un cri jaillit de mes lèvres.

— Que te disais-je, mauvaise tête ! fit la voix.

Il était clair que, pour me faire entendre de mon interlocuteur, j'étais dans l'obligation de crier à tue-tête. C'est ce que je fis. Oh ! l'étrange dialogue nocturne que ce fut alors, au bord de la route ! En vain je m'égosillais, je ne réussissais à être compris qu'indistinctement. Je devais répéter la même phrase trois ou quatre fois. Heureusement, j'eus l'idée de placer ma main derrière ma bouche, de manière à renvoyer dans mon larynx le son de mes propres paroles. Grâce à ce procédé, l'entretien prit une tournure plus aisée et plus rapide, et j'eus bientôt donné au médecin noir tous les renseignements qu'il désirait avoir. Je lui fis part de l'amélioration survenue dans mon état général, de la vigueur ressentie dans tous mes muscles aussitôt après... l'opération. Il s'enquit du lieu où nous étions et me blâma d'avoir pris la fuite. Qu'avais-je à craindre ? N'était-il pas là pour me défendre ?

Je fus touché jusqu'aux larmes par cette générosité vraiment surhumaine. Et j'allais, dans un élan de gratitude infinie, me jeter à genoux sur l'herbe ce qui aurait été bien inutile pour une raison sur laquelle je n'ai pas à insister, lorsque mon sauveur me dit en forme de conclusion :

« A présent, il faut remonter à bicyclette et rentrer au village. Votre bonne tante pourrait s'inquiéter de votre absence. En outre, diverses formalités sont à régler en vue de l'ensevelissement de mon corps. Et puis, j'ai promis à la vieille madame H..... de passer chez elle dans la soirée et de lui faire la piqûre hebdomadaire sans laquelle la pauvre femme se croit immédiatement en danger de mort. Les quelques gouttes d'huile camphrée que je lui infuse chaque semaine dans le mollet, si elles ne lui font aucun bien, ne lui font en tout cas aucun mal. Nous verrons désormais à lui administrer une solution de sucre et de cacao. En route, petit, et pédale ferme si tu veux être de retour avant que le gaz soit éteint ! »

Ainsi le médecin noir, non seulement ne renonçait pas à la vie mais encore manifestait l'intention d'exercer comme par le passé ! Comment s'y prendrait-il ? Il avait parlé de l'ensevelissement de son corps — je n'aurais plus osé dire cadavre ; — donc il ne croyait pas indispensable à sa profession l'usage de ses bras et de ses jambes. Il n'avait pas non plus témoigné du désir de quitter mon estomac, donc il s'y trouvait à l'aise pour donner ses consultations. Fort intrigué, je roulais à une allure régulière mais paisible, car la masse de chocolat vivant que contenait mon estomac, gênait le fonctionnement de mes organes, et je n'étais pas sans inquiétude à ce sujet. Au surplus, je commençais à distinguer, à côté du morceau principal qui était la tête du docteur, deux autres volumes moins lourds mais bien incommodants eux aussi, qui ne pouvaient être que les mains. J'aurais juré même, à certains moments, que les doigts s'agitaient, se déplaçaient comme si le médecin, tout en réfléchissant dans mon viscère, se fût machinalement gratté la tête. C'était alors pour moi une légère souffrance, analogue à une contraction nerveuse, et qui m'arrachait une grimace. Mais je ne pensais même pas à me plaindre. N'était-il pas juste que je pâtisse un peu pour ma part ?

Au détour de la route, les maisons du bourg m'apparurent à la clarté de la lune qui s'était levée. Des fenêtres étaient encore éclairées, çà et là. Les réverbères brillaient dans la grand'rue. « Sommes-nous bientôt arrivés ? » demanda le médecin noir. Je hurlais de toutes mes forces, la main devant la bouche : « Nous y sommes ». — « Y a-t-il de la lumière chez votre tante ? » Les persiennes de ma tante Mathilde étaient exactement closes et aucun rais lumineux n'était visible. J'informai le docteur de cet état de choses. Il en conclut que ni ma tante ni la bonne ne s'étaient jusqu'alors aperçus de rien. « Puisqu'il en est ainsi, ajouta-t-il, rendons-nous directement chez Madame H... que mon retard met certainement au désespoir ».

Madame H... habitait à l'autre extrémité du village. C'était une sexagénaire acariâtre avec laquelle j'avais déjà eu maille à partir pour des pierres que j'avais lancées à ses chiens. Elle était peut-être la seule personne du pays qui ne me fût pas sympathique. Mais le moyen de faire admettre cette raison par le médecin noir ? Je n'avais qu'à obéir sans murmurer.

Je descendis de bicyclette devant la porte de Madame H... et sonnai avec décision. « Détachez la trousse du guidon, m'ordonna le médecin, et tenez-la sous votre bras. Mais ne soufflez mot. C'est moi qui me charge des explications ». Je fis ce qu'il disait, bien résolu à ne pas parler quoiqu'il survînt.

La porte s'entrebâilla et le nez d'un vieux domestique se montra dans l'ouverture. « Ah ! s'exclama-t-il d'une voix chevrotante, ce n'est pas le médecin noir. Et ma pauvre maîtresse qui était déjà si contente !... Qu'est-ce qui t'amène ici, méchant gamin ? » Sans doute le médecin noir entendait-il mieux que les miennes les paroles prononcées par un autre, et cela n'est pas étonnant, puisque celles-ci étaient adressées à moi, par conséquent à lui. Du reste, j'avais eu soin d'ouvrir la bouche de façon à ce que le son descendit, sans rencontrer d'obstacle, jusqu'en mon estomac et frappât directement les oreilles du docteur. Me voyez-vous, la trousse sous le bras, tête nue et bouche ouverte, devant ce vieillard soupçonneux dont les doigts tremblaient sur le bougeoir qu'il élevait très haut pour mieux me dévisager ?

« Laissez entrer ce garçon, François, dit le docteur du fond de sa cachette, et conduisez-le auprès de votre maîtresse. C'est moi le médecin noir, qui vous en intime l'ordre ».

Au bruit mystérieux que firent ces mots où la voix du docteur était facilement reconnaissable, le valet tomba de stupeur à la renverse et le bougeoir, échappé de sa main, s'éteignit. Je mis le docteur au courant de l'effet qu'il avait produit. « Ne vous préoccupez pas, me dit-il, de cette vieille ganache et entrez hardiment dans la maison. La chambre de Madame H... est au premier étage, à droite. Frappez, et quand elle aura répondu, n'hésitez pas à pénétrer auprès d'elle. Je fais mon affaire du reste ».

J'avoue que ma confiance était ébranlée. J'obéis encore, néanmoins, mais non sans avoir fait le sacrifice de ma vie et dit adieu mentalement à toutes les joies de l'existence, car je savais la vieille dame capable de m'envoyer une balle de revolver dans le corps.

Je montai, je frappai. « Entrez ! » fit-elle. Je poussai la porte. Elle était couchée, les draps tirés jusqu'au menton et la tête enveloppée d'un foulard qui lui donnait un air musulman. Une lampe à pétrole, coiffée d'un abat-jour vert, brûlait sur sa table de nuit et répandait sur son visage flétri un reflet macabre. En me voyant, elle se dressa sur son séant et ouvrit la bouche toute grande comme pour appeler au secours. J'en fis autant pour permettre au docteur d'élever la voix. « Chère madame, commença-t-il, ne vous effrayez pas... » Il ne put achever. Elle avait poussé une clameur terrible et, comme je m'approchais du lit, avait bondi hors des draps, s'était ruée dans l'escalier comme une forcenée, en glapissant : « Au voleur ! A l'assassin ! » Je me jetai à sa poursuite pour la faire taire, mais déjà elle était dans la rue, son domestique l'avait suivie et fermé la porte à clef. J'étais prisonnier.

Il ne me restait plus qu'à attendre l'issue de cette funeste aventure. Je m'étendis par terre et sanglotai de tout mon cœur, n'écoutant même pas les consolations que me prodiguait le médecin noir. Mon cas était pendable : assassinat et violation de domicile ! Tout était bien fini pour moi.

Des minutes passèrent. Puis un grand bruit se fit dans la rue. C'était la vieille dame avec la police et une quantité d'habitants que ses cris avaient réveillés. Je reconnus les voix de Sophie et aussi celle de M. Loy, le concurrent et l'ennemi juré du médecin noir.

Je ne me souviens plus clairement de ce qui se passa ensuite. Mais je me revois dans la salle à manger de Madame H..., entouré du maire, du commissaire et d'individus dont j'ignorais les noms et professions. Tout le monde parlait à la fois et le médecin noir n'était pas le moins loquace. Il interpellait M. Loy avec colère et celui-ci lui répliquait sur le même ton, avec des gestes et des regards menaçants vers mon estomac. Ils discutaient sans parvenir à se mettre d'accord, sur la maladie de Madame H... ; l'un diagnostiquait de l'anémie cérébrale, l'autre une affection cardiaque. Enfin, n'y tenant plus, M. Loy, dont les yeux sortaient de leurs orbites, m'envoya un formidable coup de poing sur l'épigastre. Ce fut une douleur atroce, inexprimable et qui me réveilla.....

ANDRÉ BILLY.

Le Gérant : **TUDESQ**